MEMOIRE

POUR le sieur François Lemaire Muller, Marchand en la ville de Saint-Quentin, Plaignant;

CONTRE les sieurs Jacques & Philippes-Benoist Carpentier, pere & fils, Marchands associés à Peronne, Accusés.

Le sieur Fursy Frion Deméry, ancien Négociant, demeurant au même lieu;

Et Me Claude-François Gonnet de Fieville, Procureur du Roi de l'Election de Peronne, ancien Maire de la même ville, & Subdélégué de l'Intendance de Picardie, décretés sur les charges, informations.

Qu'un Négociant honnête éprouve les hasards funestes du commerce, & soit par la suite obligé de manquer à ses engagemens, c'est *vis major*; qu'il

A

juſtifie que juſques-là & depuis il s'eſt conduit ſans fraude, il eſt alors digne d'indulgence. La Loi elle-même vient le protéger contre ceux de ſes créanciers qui ſe refuſeroient à ſubir le ſort des trois quarts en ſomme. Mais tramer de longue main une banqueroute dont on ſe propoſe de tirer avantage ; la préparer à la faveur d'un crédit dont on abuſe par des emprunts conſidérables ſur de faux effets de commerce, ou du papier ſans valeur ; ne lui donner l'éclat que lorſqu'on a ſes coffres pleins de l'argent du public ; ſe faire ouvrir les bourſes de ſes amis & de ſes correſpondans dans une ville, tandis qu'on dépoſe ſon bilan dans l'autre ; faire paſſer enſuite chez l'Etranger les fonds que l'on a ſçu ſe procurer par de pareilles voies ; exagérer dans ſon bilan le paſſif de plus de moitié ; faire revivre des créanciers ſoldés ; en ſuppoſer de faux ; diminuer ſon aƈtif ; énoncer des dettes douteuſes & refuſer les renſeignemens & les titres néceſſaires pour en pourſuivre le recouvrement ; articuler des pertes ſans en juſtifier ; ne point dépoſer de journal ; *divertir en faillite ouverte des marchandiſes ; les faire tranſporter avec myſtere dans des maiſons voiſines ; payer les uns au préjudice des autres* ; machiner un atermoiement avec des créanciers, pour la plupart ou ſimulés, ou déſintéreſſés de toute la ſomme, dont ils paroiſſent faire remiſe ; mépriſer les formalités impérieuſes de l'Ordonnance de 1673, c'eſt la conduite du banqueroutier le plus frauduleux qui jamais ait exifté, c'eft celle des Carpentier pere & fils.

Doit-on être furpris, d'après cela, qu'un créancier, victime de fa confiance, que l'on veut affujettir aux conditions onéreufes d'un atermoiement monftrueux, ait armé la févérité de la Cour, qui, juftement indignée, a lancé contre les Carpentier des decrets de prife de corps, & d'ajournement perfonnel contre les fieur Frion & Gonnet de Fieville, que les charges, informations ont défigné pour complices.

Dans cette circonftance, il eft queftion de fçavoir fi, conformément aux conclufions du fieur Lemaire Muller, la Cour réglera le procès à l'extraordinaire; ou fi, au contraire, elle le civilifera, ou même fi elle prononcera tout d'un coup fur le fond de la plainte du fieur Lemaire Muller. La nature de cette plainte, la gravité des charges qui ont dû furvenir, la circonftance que les faillis n'ont point purgé le decret de prife de corps décerné contr'eux, & *le principe qu'en matiere criminelle la procédure eft indivifible*. Tout paroît affurer le fieur Lemaire Muller du réglement à l'extraordinaire qu'il follicite.

F A I T S.

Pour plus de clarté & de méthode, nous diviferons les faits de la caufe en deux parties. Dans la premiere nous rendrons compte de la procédure feulement ; dans la feconde nous développerons les circonftances de la banqueroute de Carpentier, & nous propoferons en même-temps les réflexions qui peuvent y être relatives.

PREMIERE PARTIE.

PROCÉDURE. Les fieurs Carpentier pere & fils, Marchands à Peronne, y faifoient en fociété un gros commerce de toiles, & jouiffoient du plus grand crédit. Vers la fin de l'année 1774, lorfqu'ils ont vu le public féduit par les déhors brillans de l'opulence, leur prodiguer, fur l'efpoir d'une fortune affurée, fa confiance & fon argent, ils ont cru devoir profiter de l'illufion qu'ils avoient fçu répandre ; & dès-lors ils ont conçu l'infâme projet de s'approprier la fortune d'autrui, par une banqueroute qui n'a éclaté que le 20 Mars 1775 (1).

Dans l'intervalle du projet à l'exécution, foins, intrigues, voyages, faux billets, papiers fans valeur, ils ont tout mis en ufage pour fe procurer de l'argent ou de bons effets, à la faveur de leur crédit.

Le 16 Mars 1775, quatre jours avant l'ouverture de la faillite, le fieur Carpentier fils s'eft pré-

_____

(1) Cette époque eft très-importante ; toutes les Parties la conteftent, & veulent la reporter à la veille de Pâques 1775 ; mais le fieur Carpentier pere la fixe lui-même, (par fon interrogatoire, & dans fa Requête à fin d'homologation du contrat d'atermoiement, dont on parlera dans la fuite), au 20 Mars de la même année : il a été plus loin, il a prétendu avoir dépofé fon bilan ce même jour.

senté chez le sieur Lemaire Muller, à Saint-Quentin, & lui a fait prendre des lettres de change à breve échéance, pour 1897 livres, tirées par lui sur les sieur Daverdin de Lille, (qui les ont laissé protester faute de fonds), en retour de bons effets sur Paris, pour pareille somme, dont il disoit avoir un extrême besoin.

Le sieur Muller n'est pas la seule victime d'une confiance trop aveugle: ce n'est qu'après avoir épuisé les ressources & le crédit de sa société, que le fils Carpentier s'est retiré à Londres, pour y mettre en sûreté, chez l'étranger, l'indigne produit de ses rapines & de ses brigandages.

Alors son pere, comme son associé, & se disant chargé de sa procuration, a composé avec les créanciers de la Société: il ne les a pas trouvé très-disposés à un arrangement, & encore moins à des remises ; mais avec de l'or, toutes les difficultés, tous les obstacles se sont trouvés applanis, & *le 4 Avril 1776*, après une année entiere d'intrigues, il est parvenu à faire signer à quelques créanciers simulés pour la plûpart, ou désintéressés par des paiemens secrets, un acte frauduleux, par lequel, sous le cautionnement du sieur Gonnet de Fieville, son gendre, il s'oblige à payer de six mois en six mois, le premier terme à courir de l'homologation, sçavoir, aux créanciers hypothécaires, les deux tiers de leurs créances, & aux chirographaires, le tiers seulement.

Le sieur Lemaire Muller n'a point été présent à la passation de ce contrat, il n'y a même pas été appellé; néanmoins on s'est empressé d'en poursuivre contre lui l'homologation sur une simple copie isolée de toute piece, & sans que depuis l'on se soit mis en devoir de lui donner de plus amples éclaircissemens; une Sentence du Bailliage de Péronne, du 9 Août 1776, a prononcé cette homologation sous prétexte que l'acte étoit consenti par les trois quarts des créanciers en somme.

Le sieur Lemaire Muller sur son appel en la Grand'-Chambre, s'est d'abord attaché à en prouver la nullité par l'omission des formalités impérieuses de l'Ordonnance de 1673; depuis, instruit par la notoriété publique de toutes les manœuvres dont les Carpentier avoient fait usage pour tromper leurs créanciers légitimes, il a rendu, contre eux, en la Cour, une plainte en banqueroute frauduleuse. Un Arrêt du 3 Décembre 1776 qui l'a reçue, lui a permis en même temps de faire informer devant le Lieutenant Criminel au Bailliage de Saint-Quentin. L'information est composée d'un grand nombre de témoins non suspects par leur état, & le rang qu'ils tiennent tant à Péronne qu'aux environs.

Le sieur Lemaire Muller ne s'est point déterminé à un parti si violent par des motifs de vengeance, son cœur généreux ne connoît point cette passion basse & vile qui dégrade l'homme; un intérêt sordide ne l'a point guidé, il sacrifieroit volontiers à sa tranquillité ce qui lui eſt dû, ſi ſa fortune & ſa ſituation le lui permettoient. Les beſoins d'une famille nombreuſe réduite à une médiocrité très-bornée, l'ont feule forcé à uſer des voies que la Loi lui offroit, & à ſe charger des ſoins & du fardeau de ce procès criminel.

L'information envoyée au Greffe de la Cour, il a préſenté ſa requête pour la faire décréter, & ſur les Concluſions de M. le Procureur Général, Arrêt eſt intervenu au rapport de M. LEFEBVRE D'AME-COURT, Conſeiller, le 19 Juin 1777, qui a décrété les *Carpentier de priſe-de-corps, le ſieur Frion d'aſſigné pour être oui, & le ſieur Gonnet de Fieville, gendre & beau-frere du Failli* d'ajournement perſonnel.

Le ſieur Lemaire n'avoit impliqué dans ſa plainte ni le ſieur Frion, ni le ſieur Gonnet de Fieville ; c'eſt la Cour qui ſur le vu des informations les a enveloppés dans le procès, comme complices des Carpentier, comme fauteurs de leur banqueroute, l'un pour avoir machiné avec eux l'atermoiement du 4 Avril 1776, l'autre pour avoir, depuis la faillite ouverte, pris à pleines mains dans leurs magaſins.

Chacun a ſubi interrogatoire (1) ; dans cet état le ſieur Lemaire Muller a pris des Concluſions tendantes à ce qu'à ſa Requête, les témoins entendus dans l'information fuſſent récolés & confrontés avec

---

(1) Excepté le ſieur Carpentier fils, qui eſt en fuite.

les sieurs Carpentier, Frion & Gonnet de Fieville, accusés, & les accusés entr'eux, en cas de besoin. Sur cette Requête & sur celle du sieur Carpentier pere, afin d'être renvoyé en état d'assigné pour être oui ; la Cour, par son Arrêt du 9 Mai 1778, a renvoyé les Parties à l'audience avec M. le Procureur Général.

Les faillis & leurs complices se présentent aujourd'hui avec toute l'assurance & la fierté que donne l'innocence ; ils ne craignent pas de demander la nullité de la plainte & de ce qui l'a suivi, la décharge de l'accusation contre eux intentée, des dommages-intérêts plus ou moins forts, des réparations authentiques, l'impression & l'affiche de l'Arrêt, le tout avec dépens.

De son côté, le sieur Lemaire Muller a repris les conclusions visées dans l'Arrêt du 9 Mai 1778 ; & il demande aussi des decrets contre ceux que l'information doit constater avoir reçu des traitemens particuliers, & vendu par-là leurs signatures. C'est dans cette position que la contestation se présente à juger.

Est-ce le cas de prononcer la décharge pure & simple de l'accusation ? Le procès doit-il être réglé à l'extraordinaire ou au civil ? Ces différentes questions se décident par les circonstances de la banqueroute des Carpentier ; car s'il y a lieu de régler le procès à l'extraordinaire, nécessaire-

ment

ment l'accufation doit fubfifter ; c'eft ce que nous
allons prouver dans la feconde partie , par le déve-
loppement des circonftances de la banqueroute.

DEUXIEME PARTIE.

Circonftances de la banqueroute des Carpentier.

Toutes les circonftances, dont une feule fuffiroit
pour conftater une banqueroute frauduleufe , fe
réuniffent dans celle des Carpentier ; ils ont pris
toutes fortes de mefures pour tromper leurs créanciers, ils en ont fuppofé de faux , ils ont déclaré
plus qu'ils ne devoient réellement , ils ont altéré ou
fupprimé leurs regiftres , ils ne les ont pas tenus dans
la forme prefcrite , ils ont refufé à ces mêmes créanciers des renfeignemens utiles ; enfin ils n'ont juftifié
d'aucune perte.

Ainfi, le fieur Lemaire Muller, pour mettre plus
d'ordre dans fa défenfe, diftinguera différentes épo-
ques dans la banqueroute des Carpentier , & rap-
prochera fous chacune les faits qui ont quelque liai-
fon entr'eux & qui concourent à la même preuve.
Les uns font antérieurs à la banqueroute , les autres fe reportent à la date de la banqueroute même,
d'autres encore y font poftérieures ; enfin il en eft
une quatrieme claffe qui n'ont de rapport qu'à l'a-
termoiement du 4 Avril 1776. Dans la quinzaine
qui a précédé la banqueroute méditée depuis long-

B

temps , & éclatée le 20 Mars 1775 , même depuis leur banqueroute ouverte , les Carpentier ont cherché tous les moyens de se procurer de l'argent ou de bons effets de commerce dont ils étoient sûrs d'être payés , en retour de billets & lettres de change qu'ils savoient être sans valeur, & tirées sur de prétendus correspondans dont on ignore jusqu'au nom dans les endroits où leur résidence est indiquée.

Premiere proposition. Depuis la banqueroute ouverte , ils ont détourné une partie de leurs marchandises qui ont été portées chez le sieur Frion de Merry leur proche voisin.

Seconde proposition. Pour engager une partie des créanciers à signer leur atermoiement , ils les ont fait désintéresser par le ministere du sieur Gonnet de Freville leur gendre & beau-frere , de toutes les sommes dont ils ont paru avoir fait remise.

Troisieme proposition. Ils ont méprisé dans l'atermoiement les formalités prescrites par l'Ordonnance de 1673 , & ont supposé des créanciers dans leur bilan , qui d'ailleurs offre la fraude la plus caractérisée.

Quatrieme proposition. Nous ne pouvons parler que d'après la notoriété publique. Le secret des informations nous cache les preuves frappantes qui en doivent résulter ; mais la défense du sieur Lemaire Muller , dans la bouche du Magistrat éclairé qui portera la parole , ne peut acquérir qu'un nouveau degré de force & d'évidence. Le sieur Muller sebornera donc pour

inſtruire & éclairer de plus en plus la religion de la
Cour, à développer les faits dont il a pu ſe procurer
la connoiſſance, & dont les témoins ont dû dépoſer.

PREMIERE PROPOSITION.

*Les Carpentier, dans la quinzaine qui a précédé leur
banqueroute, & depuis leur banqueroute ouverte,
ont cherché tous les moyens de ſe procurer de l'argent ou de bons effets en retour de lettres de change
qu'ils ſavoient être ſans valeur, & tirées ſur de prétendus correſpondans ſans exiſtence.*

Ce n'étoit pas aſſez pour les Carpentier de faire
une banqueroute, ils ont cru devoir chercher à la
rendre fructueuſe, & c'eſt à quoi ils ont appliqué
tous leurs efforts. Nous n'irons point rechercher
tous les emprunts qu'ils ont faits dans les derniers
mois de l'année 1774. C'eſt à ceux faits dans la quinzaine de la faillite, au moment même de la faillite &
dans les jours qui l'ont ſuivie, que nous nous arrête-
rons. Or à cette époque ils ont, à la faveur du crédit
qu'ils avoient ſu ſe procurer, multiplié leurs négocia-
tions à l'infini, ſoit par le miniſtere du ſieur Carpentier
fils, ſoit par l'entremiſe d'agioteurs affidés qui diſ-
tribuoient de tous les côtés du papier ſans valeur &
ſur de faux correſpondans, & ſe faiſoient donner

en échange de bons effets à plus long terme, & de l'argent comptant (1).

Enfin leur banqueroute commence à être connue à Péronne, mais elle est ignorée à Saint-Quentin, où ils avoient une partie de leurs correspondans & un grand nombre d'amis ; le fils Carpentier y vole & profite de ces premiers momens pour s'y procurer, à force d'intrigues, de l'argent ou de bons effets, & grossir, s'il le peut, le produit de ses vols & de ses escroqueries. Dès le 16 Mars 1775, quatre jours avant l'ouverture de la faillite, arrivée le 20, le sieur Lemaire avoit été victime de sa trop grande confiance, en recevaut des lettres de change sans valeur sur les sieurs Duverdin, pour de bons billets sur Paris qui ont été payés.

L'on avance froidement qu'il a tort de se plaindre, parce que d'un côté ces effets étoient à terme bref, que de l'autre, ils étoient bons & auroient dû être payés par les sieurs Duverdin qui étoit en compte courant avec les faillis.

Sans doute ils auroient été avantageux, s'ils eussent été payés, mais cette courte échéance qui

---

(1) Il est de notoriété publique à Pérone, que dans la quinzaine qui a précédé la banqueroute des Carpentier, ils avoient un voiturier à leurs ordres, uniquement occupé à porter des lettres de change dont il recevoit la valeur, soit en argent, soit en billets. Ce fait a dû être déposé par Boulant, entendu dans l'information. Article 25 & 26 de son interrogatoire, le sieur Carpentier pere dit qu'il ne faisoit tout cela que *pour gagner du tems*. Il savoit donc que sa banqueroute devoit être prochaine ; nul doute par conséquent qu'il a voulu faire sa main.

en faifoit tout le mérite, & dont malheureufement
le fieur Lemaire Muller ne s'eft pas défié, dépofe
aujourd'hui contr'eux; s'ils avoient cru qu'ils duf-
fent être acquittés, les auroient-ils donné pour du
papier à plus long terme? eux qui couroient tout
le canton pour fe procurer de l'argent comptant.

Au furplus, le compte dont on a parlé eft une
impofture; fi les fieurs Duverdin de l'Ifle ont été
énoncés au bilan, nantis de différentes marchandifes,
ce n'a été fans doute que pour fauver l'odieux de
cette négociation; il n'eft queftion dans les regiftres du failli, ni de compte courant avec eux, ni
de marchandifes dont ils foient poffeffeurs (1);
cependant les regiftres feuls pourroient donner à
l'affertion quelque vraifemblance.

Les Carpentier fe font ménagés contre le fieur
Lemaire une autre reffource pour faire préfumer
une confiance réciproque; ils l'ont énoncé au bilan,
art. 10, comme dépofitaire, comme courtier de plufieurs pieces de toiles; énonciation démentie par
leurs regiftres, auxquels l'article n'a pas été trouvé
conforme par les Commiffaires qui l'ont vérifié.
C'eft ainfi que fous le voile du menfonge, l'on
cherche à pallier la fraude.

_____

(1) Le procès-verbal ·les Commiffaires qui ont procédé à la véri-
fication des regiftres, en date du 17 Juillet 1775, en eft une preuve;
l'on y voit *que cet article du bilan n'a point été trouvé conforme aux
regiftres.*

Il feroit trop long de faire l'énumération de tous les Particuliers de la ville de Saint-Quentin, dont le fieur Carpentier a trompé, ou bien, a voulu tromper la confiance; nous nous contenterons d'en citer quelques-uns.

Le 29 Mars 1775, il a, quoiqu'alors en pleine faillite, emprunté du fieur Dorigny, Préfident en l'Election de Saint-Quentin, une fomme de 1200 liv. fous prétexte d'acquitter un billet (1).

La dame Marolle, Marchande en la même Ville, n'a pas été mieux traitée; quelques mois avant la faillite, le fils Carpentier lui avoit négocié quelques-uns de fes billets pour des effets fur Paris, il avoit eu foin de la faire payer exactement, afin de gagner fa confiance & de la duper pour une plus groffe fomme; le ftratagême a réuffi, vers *les derniers jours du mois de Mars 1775*, prefqu'à la veille de fa fuite, il eft allé la trouver une feconde fois, comme s'il eût été en plein crédit, & lui a arraché une fomme de plus de 5000 liv. tant en argent qu'en bons effets fur Paris, en remplacement de laquelle il a paffé à fon ordre des lettres de change que fon pere & lui s'étoient fa-

---

(1) Ce fait a dû être attefté par le fieur Dorigny dans l'information; les Carpentier pour y diminuer l'odieux de cet emprunt, alleguent avoir acquitté le billet qui en étoit le prétexte, ce qu'ils effaient de juftifier mal adroitement par un envoi fait à une prétendue femme Guerin à Paris, *antérieur de deux mois.*

briquées à eux-mêmes, sous le nom d'un prétendu Dumets, de Dijon, qui n'a jamais existé (1).

Le trait du sieur Vannier, Chanoine de Saint-Quentin, chez lequel le sieur Carpentier s'est présenté dans le même-temps, pour y faire un emprunt sur son billet, ne caractérise pas moins, que ceux dont on vient de rendre compte, l'avidité avec laquelle ces banqueroutiers cherchoient, à l'ombre d'un crédit qui paroissoit subsister encore, à mettre à profit leur déroute, aux dépens mêmes des droits sacrés de l'amitié.

Il est vrai que l'Abbé Vannier n'a pas prêté la somme qu'on lui demandoit ; mais s'il l'eût fait, le fils Carpentier l'auroit acceptée sans doute, & plus encore il l'auroit emportée à Londres avec celles dont il étoit déja muni ; or l'intention suffit pour caractériser sa mauvaise foi.

Le Samedi, avant que la faillite ait été publiée à Saint-Quentin, il s'est présenté (2) chez le sieur Graux, & l'a sollicité de lui remettre des lettres de change en retour de ses propres effets, qu'il tireroit pour la même valeur à breve échéance : ce Marchand, qui connoissoit tout l'avantage du papier court, a conçu de justes soupçons, & n'a pas voulu accepter la proposition.

---

(1) La dame Marolés doit avoir déposé de ce fait.
(2) Les sieurs Vannier & Graux doivent avoir déposé de ce fait.

Terminons cette énumération par un fait qui ne cede point en mauvaise foi au précédent (1). La scene en est encore à Saint-Quentin. Quatre à cinq jours avant sa fuite, le fils Carpentier a prié un sieur Mallet, Notaire en cette ville, de lui prêter 25 louis, dont il disoit avoir besoin pour un voyage de Flandres. Sur le refus du Notaire, qui a déclaré ne point avoir d'argent, il l'a engagé à lui en trouver sur son billet pour *son retour de Flandres* ; mais il n'a pas voulu que sa femme s'obligea avec lui ; en conséquence nouveau refus.

Deux circonstances, dans ce fait, annoncent l'intention frauduleuse du fils Carpentier : il suppose d'abord un voyage, pour lequel il a un besoin urgent de 600 livres : le besoin cesse tout-à-coup ; la somme suffira pour son retour.

En second lieu il ne veut pas que sa femme s'oblige avec lui ; cette précaution, ce besoin qui cesse aussi-tôt pour renaître après le retour, que de preuves d'un dessein formé de ne pas rendre les 25 louis ; sa fuite à Londres peu de jours après, justifie pleinement ces inductions (2). Nous nous taisons sur les conséquences qui découlent de ces faits : elles parlent d'elles-mêmes. En effet, quel est l'emploi de ces sommes ? Les sieurs Carpentier n'en pouvoient

_____

(1) sieur Mallet doit en avoir déposé.
(2) L'on pourroit citer un grand nombre d'autres traits non moins malhonnêtes ; mais ce petit nombre suffit pour faire connoître les sieurs Carpentier.

faire

faire aucun légitimement., étant en faillite ouverte;
tout ce qu'ils possédoient étoit devenu le gage com-
mun de leurs créanciers; ainsi, sans une nouvelle
fraude, ils ne pouvoient payer les uns au préjudice
des autres: ils devoient encore moins voler à Saint-
Quentin pour remplir des traités à Péronne ou à
Paris.

· Cependant ils ne trouvent pas d'autres moyens
pour calmer la juste indignation qu'inspire leur
conduite, qu'en disant que tout l'argent qu'ils ont
emprunté, ils l'ont fait passer à Paris à une demoiselle
Guerin & à un sieur Robert, pour acquitter des
engagemens précédemment contractés: ils essaient
de justifier cette assertion par des prétendus comptes
de ces deux particuliers.

Ces comptes, que l'on cite à chaque instant, ne
font que des chiffons fabriqués pour la cause: ils ne
pourroient être de quelque considération, qu'autant qu'ils seroient constatés par leurs regiſtres: mais
ces regiſtres, bien loin d'en faire mention, gardent
à cet égard le plus profond silence; c'eſt ce qui eſt
prouvé par le procès-verbal des Commiſſaires qui
les ont examiné. Concluons donc que les Carpentier, avant de faire éclater leur banqueroute, &
dans les premiers momens de cette banqueroute,
ont emprunté de toutes mains pour se la rendre
fructueuse.

La seconde artie de la proposition ne se prouve
pas moins aisément que la premiere : ils eſt certain

qu'ils ont fait la plûpart de leurs emprunts fur des faux billets, tirés aux noms d'êtres fuppofés.

Témoin le fieur Mauroy de Villers, porteur, environ quatre mois avant la faillite, de fix effets, dont trois tirés à l'ordre du fieur Carpentier fils par le nommé *Dumets*, de Dijon, & les trois autres par le nommé *Chevrier*, à l'ordre des fieurs Carpentier pere & fils. A l'échéance, ces effets étant venus à protêt, il n'a pu, malgré fes recherches, découvrir, non pas le domicile, mais même l'exiftence de ces deux particuliers (1).

La dame Marolle, le fieur Tromber, & le nommé Blard, dans le même cas, les ont cherché en vain.

Les fieurs Hervieux, Négocians à Rouen, porteurs d'effets tirés par ce *Dumets* de Dijon, fe font, comme le fieur Mauroi, inutilement adreffé aux Officiers municipaux de cette Ville, qui leur ont attefté, par un certificat, que fur le rôle des habitans il ne s'en trouvoit pas un feul du nom de *Dumets*, les informations qu'ils ont prifes de plufieurs habitans du pays, ne leur ont pas procuré plus de lumieres (2).

Après des recherches auffi exactes, faites par des perfonnes intéreffées à découvrir la demeure & l'exiftence du prétendu *Dumets* & *Chevrier*, l'on ne peut douter que ce ne foit deux êtres fuppofés

---

(1) Ceci eft prouvé par différens procès-verbaux des Officiers Municipaux de la ville de Dijon, & des Officiers du Bailliage.
(2) Les fieur Mauroy de Villers, Vannier & Ballue de Montjoie, moins, doivent avoir dépofé de ces faits.

par les Carpentier pour donner du crédit à leurs papiers.

Pour achever de s'en convaincre il ne faut que jetter les yeux fur l'interrogatoire du fieur Carpentier pere. Articles 7 & 8 il ne connoît le nommé Dumets que par oui dire. Article 9, il ne connoît nullement Chevrier. Article 10 il n'a infcrit pour fes créanciers dans fon bilan les porteurs des effets proteftés fur Dumets & Chevrier que parce qu'il les avoit reconnus pour tels par l'examen de fon carnet qui lui fervoit de journal. Article 44 il ne fçait pas fi ces effets font férieux. Article 45 *il n'a jamais fait d'affaires de commerce avec les Dumets & Chevrier, il ne leur a jamais envoyé de marchandifes de fon commerce.*

Or fi le fieur Carpentier pere ignore jufqu'à l'exiftence de ces deux prétendus correfpondans, s'il *ne leur a jamais fait paffer de marchandifes de fon commerce, s'il n'a jamais fait d'affaires avec eux,* il n'a pas dû recevoir de leur papier. Si à tous ces aveux l'on ajoute les recherches de plufieurs intéreffés à les découvrir, & les certificats des Officiers municipaux de Dijon, l'on a la preuve complette que les faillis ont cherché à rendre leur banqueroute fructueufe en empruntant de tous côtés fans remplacer & fur des billets ou faux ou fans valeur (1).

_____

(1) A la vérité, les effets en queftion n'ont été accepté que fur la fignature des prétendus Dumets & Chevrier ; néanmoins ceux qui s'en font chargé croyoient avoir deux répondans ; c'eft toujours tromper une confiance de la maniere la plus indigne.

DEUXIEME PROPOSITION.

Depuis la banqueroute ouverte les Carpentiers ont diverti des marchandifes qui ont été portées chez le fieur Frion de Merry.

L'information doit fournir la preuve complette de cette propofition. Voici les faits dont le fieur Lemaire Muller a pu fe procurer la connoiffance par la notoriété, & dont il fuppofe que les témoins ont dépofé.

Dans le courant du mois de Mars 1775, très-peu de jours avant l'éclat de leur faillite, les Carpentier envoyerent demander au fieur Jacques Tranoy, Fabriquant, par un nommé Caille leur affidé, des toiles pour leur compte. Cet ouvrier, dans la bonne foi, leur porta fur-le-champ quarante-fix pieces dont ils promirent de lui procurer une vente avantageufe ; & dans cette confiance il les leur laiffa.

Ils n'ont pas tardé à fe défaire de ces toiles; le fieur Frion avoue, dans fon interrogatoire, que le 2 *Avril 1775*, le fieur Carpentier pere l'en accommoda de quarante-trois pieces pour une fomme de deux mille quelques cents livres, qu'il dit avoir payé comptant. Obfervons qu'il n'a point été fait raifon de cette fomme au fieur Trannoy ; ainfi donc le fieur Carpentier s'eft joué des droits facrés du dépôt & de la propriété.

Au reste cette vente est faite en pleine faillite; le sieur Frion, voisin des Carpentier, ne pouvoit l'ignorer; ils avoient au 2 Avril 1775, essuyé des protêts sans nombre & des condamnations Consulaires, preuve non équivoque de faillite; ainsi la collusion est évidente, l'un a diverti, l'autre a recellé des marchandises au préjudice des créanciers légitimes dont elles étoient devenues le gage (1).

Cependant dans son interrogatoire le sieur Carpentier pere avance qu'il n'a rien fait au préjudice de ses créanciers depuis la cessation de ses payemens, mais bientôt il se dément. Article 19, *il avoue qu'au temps de sa faillite il a remis au sieur Frion une quantité de pieces de toiles pour s'acquitter d'autant envers lui, parce qu'il a retiré alors de ses mains des effets de commerce pour la valeur des toiles qu'il lui remettoit.*

Cette seconde vente est très distincte de la premiere. L'une est faite argent comptant, l'autre a pour but de remplir le sieur Frion de billets souscrits à son profit par les faillis; & l'époque doit en être fixée *au temps de la faillite même*: toutes deux sont donc le fruit d'un concert criminel; toutes sont donc en fraude des légitimes créanciers.

Ce qui prouve sur-tout la mauvaise foi des sieurs Carpentier & Frion, c'est la précaution avec laquelle l'enlévement des marchandises a été fait, il

_____

(1) Ordonnance de 1673, tit. 11, art. 4.

doit être conftaté par une multitude de dépofitions, que ce dernier a fait tranfporter chez lui ces toiles à différentes fois, bien empaquetées dans le tablier de fa fervante & de celle du fieur Rabache fon gendre, & dans des hottes, en faifant courir le bruit dans le voifinage, que c'étoit du linge de leffive. Si ces deux particuliers euffent été de bonne foi, pourquoi tout ce myftere?

Leur concert criminel ne fe manifefte pas moins par un fait dont nous ne pouvons nous difpenfer de rendre compte. Le fieur Quillard, Huiffier, étoit chargé par la veuve François de Peronne, d'aller toucher chez le Sʳ Carpentier une lettre de change, ce fut le fieur Frion qui la lui paya le 4 Avril 1775, auffitôt il monta dans le magafin pour fe dédommager. Cependant la banqueroute étoit ouverte depuis quatorze jours (1).

Nous nous taifons fur les conféquences des faits, elles parlent d'elles-mêmes.

Enfin le fieur Frion, fuivant ces regiftres, eft créancier de trois effets de commerce portant 1950 livres dont il ne paroît point avoir été rembourfé. Cependant fuivant le bilan il ne lui eft plus rien dû; pourquoi? c'eft qu'il avoit fouragé dans le magafin où il avoit pris ce qu'il avoit voulu, & pour le prix qu'il y avoit mis lui-même.

Le fieur Rabache fon gendre, lui avoit prêté fa

_____

(1) Ce fait eft avoué par le fieur Carpentier pere, en fon interrogatoire, art. 13, 14, 15 & 16.

fervante pour enlever les toiles, parce qu'il lui pro-
mit de le payer ; effectivement il paroit qu'il en a
pris pour tous les deux, car fuivant les regiftres le
fieur Rabache n'avoit reçu qu'un à-compte de 240
livres fur une créance de 2400 livres, & fuivant ce
bilan il ne lui eft rien dû.

De tous ces faits, qui doivent être prouvé par
l'information, il réfulte d'une part que le fieur Carpentier, depuis fa faillite, a détourné des marchandifes, & d'un autre, que le fieur Frion, fe les eft
approprié en fraude des créanciers légitimes. Tous
les deux font donc coupables, l'un comme auteur,
l'autre comme complice.

TROISIEME PROPOSITION.

Pour engager une partie des créanciers à figner leur
atermoiement, les Carpentier les ont fait définté-
reffer par le miniftere du fieur Gonnet de Fieville,
leur gendre & beau-frere.

Les Carpentier avoient d'abord trouvé la plupart
de leurs créanciers indignés de la fraude dont on vouloit les rendre victimes, très-difpofés à ne faire aucune
remife, à n'entrer dans aucune compofition, même
à les pourfuivre extraordinairement ; mais ils n'ont
pas craint de prodiguer, pour calmer ces mouve-
mens d'une jufte colere, les richeffes qui leur coû-

toient fi peu ; & les traités fecrets & clandeftins qu'ils ont fait avec les mêmes particuliers par le miniftere de leur gendre & de leur beau-frere, ont opéré ce que pendant un an entier leurs intrigues n'avoient pu faire.

Nous pouvons citer des faits d'après la notoriété publique. Le fieur Mauroy de Villers, créancier de 2300 liv. fur des effets des faux *Dumets & Chevrier*, la dame Marolle & le fieur Blard, créanciers de fommes confidérables fur de pareils effets, faifoient grand bruit dans l'affemblée ; & plutôt que de figner un arrangement qui les privoit de la prefque-totalité de leur créance, ils étoient déterminés à faire les pourfuites les plus rigoureufes contre les faillis. Il étoit dangereux pour le fieur Carpentier d'irriter de pareils créanciers, dont les billets étoient une preuve écrite de fa mauvaife foi. D'ailleurs une affaire d'éclat alloit reveiller tous les autres créanciers déja mal difpofés, & rendre l'atermoiement impoffible. C'eft pourquoi, par l'entremife DU SIEUR GONNET DE FIEVILLE, il a payé : favoir, *au fieur Mauroy, moitié, aux deux autres les deux tiers de leurs créances*, à condition qu'ils *foufcriroient l'acte comme créanciers de la totalité.*

Voilà par quels refforts les Carpentier font venus à bout, après un an de difficultés, de réunir les trois quarts en fomme. Les créanciers les plus forts, qui avoient toutes fortes de raifons pour ne pas figner, qui avoient paru les plus irrités dans les
affemblées,

aſſemblées, ſe ſoumettant aux conditions dures qu'on leur propoſoit ; les autres, preſſés depuis un an par les ſollicitations les plus vives, ſe ſont laiſſés entraîner à la force de l'exemple.

Ces manœuvres, contre leſquelles & leurs au-teurs, la Déclaration de 1739 & l'Ordonnance du Commerce prononcent les peines les plus graves, deviennent encore plus odieuſes, lorſque l'on re-marque que le ſieur Gonnet de Fieville, comme Procureur du Roi, comme Subdelégué de l'Inten-dant, a la plus grande partie de l'autorité dans la Ville, ſur-tout vis-à-vis d'une multitude de Fabri-quans que les Carpentier avoient pour créanciers, & qui lui étoient en quelque ſorte ſoûmis.

Ne voit-on pas dans toutes ces circonſtances un concert frauduleux entre le beau-pere & le gendre ? La piété filiale dont on n'a pas manqué de faire valoir les droits, ne peut autoriſer de pareilles injuſtices. L'on ne croira pas davantage que c'eſt de ſes de-niers que le ſieur Gonnet de Fieville a déſintéreſſé les créanciers, lorſque les Carpentier avoient des coffres pleins de l'argent du public. Au reſte, s'il eût été de bonne foi, pourquoi ce myſtere ? pour-quoi les engager à paroître conſentir à des remiſes qu'ils ne faiſoient pas ? Il vouloit donc tromper les autres créanciers, & les forcer, contre leur inten-tion, à ſigner ; ainſi preuve de fraude contre le beau-pere, preuve de complicité contre le gendre.

Nous ne pouvons nous diſpenſer d'obſerver ici

D

que ce font les créanciers défintéreffés eux-mêmes qui, entendus dans l'information, ont dû dépofer de ces faits. Si cela eft vrai, ils font eux-mêmes auteurs de la fraude, ils en font complices : 1°. pour avoir accepté des paiemens, au préjudice des autres créanciers, un an après la faillite; 2°. pour avoir, par une remife fimulée, engagé à figner des créanciers éloignés de confentir aux conditions qu'on leur propofoit. Nous laiffons au Miniftere public, qui a les informations fous les yeux, à prendre le parti que fa fageffe & fes lumieres lui dicteront.

QUATRIEME PROPOSITION.

Les Carpentier ont méprifé les formalités impérieufes de l'Ordonnance de 1673.

L'on a pourfuivi contre le fieur Lemaire l'homologation de l'attermoiement prétendu, fans lui donner copie, ni du bilan, ni de l'acte de dépôt des regiftres. La plupart des créanciers, au nom defquels ce prétendu attermoiement a été figné, n'ont comparu que par des fondés de *procuration fous fignature privée*, dont par conféquent la réalité eft fufpecte, les regiftres que le fieur Carpentier pere a dépofé, ne font ni cottés, ni paraphés dans la forme des articles 3 & 4 du tit. 3 de l'Ordonnance de 1673. Il n'a point repréfenté fon journal,

qui étoit la piece la plus néceffaire pour connoître
l'état de fes affaires ; il dit qu'il ne fe rappelloit
fes opérations qu'à l'aide *d'un fimple Carnet.* S'il
eût été fincere , il auroit avoué qu'il avoit bien un
journal, mais qu'il craignoit de le produire , de
peur que l'on y vît tracées de fa main les manœuvres qu'il avoit pratiquées pour tromper fes
créanciers. Cette fouftraction de livres fuffifoit
feule pour le faire réputer , lui & fon fils ,
banqueroutier frauduleux. Parmi les Commiffaires
qui ont examiné les regiftres dépofés, aucun n'étoit
du commerce des faillis. Ces titres de créances des
créanciers n'ont point été vérifiés. Il n'y a point
eu d'affirmation réguliere. Le bilan dépofé par les
Carpentier ne contient point *d'état exact & détaillé
des effets mobiliers & immobiliers, dettes actives &
paffives des faillis ;* c'eft un tiffu de fraude : l'on en
peut juger par un acte non fufpect du 17 Juillet
1775 ; c'eft le procès-verbal des Commiffaires qui
ont procédé à l'examen, tant du bilan que des
regiftres ; ils ont vu & ont dû dépofer dans l'information que prefque tous les articles du bilan
étóient démentis par les regiftres. Si l'on jette les
yeux fur ce procès-verbal , on trouve que les Carpentier , dans leur bilan , ont cherché à augmenter
le paffif, diminuer l'actif, ont fait revivre des créanciers foldés , & en ont fuppofé.

Sur 25 articles qui compofent l'actif, 10 à peine
font conformes aux regiftres , 11 articles préfentent

des comptes à faire, dont les Commiffaires, malgré leurs recherches, n'ont découvert aucunes traces. C'eft ainfi que n'ofant pas diminuer ouvertement ce qui leur étoit dû, ils ont cherché à l'altérer en annonçant des comptes, par le réfultat defquels ils vouloient faire préfumer une réduction confidérable dans la maffe de leurs dettes actives. Mais aux neuvieme & feizieme articles ils ont été moins modeftes; Maillard, courtier à Saint-Quentin eft dit porteur de 55 pieces de toiles qui leur appartiennent; &, fuivant les regiftres, il en a 27 autres dont ils ne parlent pas; Veron eft porté pour 133 liv. 8 f. 8 den., & les regiftres le font débiteur de 421 liv. 19 fols.

Au furplus, le détail des effets mobiliers & des immeubles n'eft nullement juftifié.

Quarante articles de dettes douteufes montant à 67343 liv. 13 fols ne font pas plus juftifiés; & quelques efforts, quelques inftances qu'ayent fait les Commiffaires, jamais les faillis n'ont voulu leur fournir des titres, ni des renfeignemens à ce fujet; depuis, ils n'ont pas fongé à mettre leurs créanciers à portée d'en pourfuivre le recouvrement.

C'eft fur-tout au chapitre des dettes paffives qu'éclate la fraude des faillis; fur 92 articles, 52 ne quadrent pas avec les regiftres. A chaque pas on trouve des créanciers foldés, que l'on a fait revivre, & d'autres fuppofés; d'autres enfin à qui les fommes pour lefquelles ils font portés ne font pas dûes en entier. Par exemple, article 7, le fieur Thomas Fournier, créancier, fuivant le bilan, de 3921 liv. 10 fols 6 den., fuivant les regiftres ; n'*eft réellement créancier que de 465 liv. 10 fols 10 den., & lors de l'affirmation il eft convenu que la fomme dont il parloit ne lui étoit pas dûe en entier.* L'article du fieur Gonnet de Fieville, foi-difant créancier de 11318 livres, n'eft pas conforme aux regiftres qui préfentent un compte à faire. Ces mêmes regiftres réduifent à 20 liv. 1 fol l'article 82 tiré pour 2221 livres; l'article 77, de 5413 liv. 5 fols, concernant le nommé Caille, Agent des faillis, n'eft porté fur aucun regiftre, partant fuppofé. Auffi, ce particulier n'a-t-il jamais ofé affirmer fa prétendue créance (1). Les articles 15, 33, 78 font foldés : nous ne finirions point fi nous voulions faire un relevé exact de toutes les fraudes dont la comparaifon du bilan avec les regiftres, offrent la preuve.

Ainfi d'un côté, fuppofition de créances, altération de l'actif, défaut de juftification de pertes ; de l'autre, refus de la part des Carpentier de dépofer leur journal, & de fournir à leurs créanciers des titres & des renfeignemens indifpen-

---

(1) Caille n'étoit que l'Agioteur des efcomptes que les Carpentier faifoient faire de leur papier : dans fon interrogatoire, Carpentier a été obligé d'avouer que ce n'eft que parce que Caille a mis fa fignature au dos de quelques effets, qu'il l'annonce comme créancier, mais les véritables créanciers font ceux qui fe trouvent porteurs de ces effets ; ils font compris dans le bilan. La prétendue créance de Caille fe réduit donc *à un double emploi.*

sables, point de regiftre dans la forme prefcrite.
Ne font-ils pas dans le cas de l'art. 11 du tit. 11 de
l'Ordonnance de 1673, qui veut que les Marchands, tant en gros qu'en détail, & les Banquiers
qui, lors de leurs faillites, ne repréfenteront pas leurs
regiftres & *journaux, fignés & paraphés*, puiffent être
réputés banqueroutiers frauduleux ? Ne font-ils pas
dans le cas de la déclaration du 13 Juin 1716,
interprétative de cet article, qui faute par les Négocians en faillite d'avoir repréfenté *tous leurs livres
& regiftres*, d'avoir donné un état détaillé de tous
leur effets & dettes, tant actives que paffives, d'a-
voir enfin fourni à leurs créanciers la connoiffance
de leurs affaires, & les renfeignemens qui dépen-
doient d'eux, *déclare nuls tout contrat d'attermoyement, Sentence d'homologation*, &c. &c...... *& veut
que lefdits débiteurs* foient pourfuivis extraordinairement comme banqueroutiers frauduleux, par les
Procureurs Généraux, ou leurs Subftituts, *ou par
un feul créancier, fans le confentement des autres,
quand même il auroit figné lefdits contrats, & qu'ils
auroient été homologués avec lui ?*

Qu'on ceffe donc de refufer au fieur Lemaire
Muller le droit de pourfuivre les Carpentier, il ne
l'a que trop acheté aux dépens de fa fortune. D'ailleurs, comment pouvoit-il s'affocier le quart en
fommes des créanciers, dans les circonftances, où
les plus forts étoient défintéreffés, d'autres fuppofés,
& le refte gémiffoit fous la tyrannique oppreffion du
fieur Gonnet de Fieville.

Ainsi la fraude & la mauvaise foi des Carpentier est consignée dans leur bilan même ; c'est un témoin qui dépose à chaque instant contre eux ; ils ont diminué leur actif, exagéré leur passif, supposé de faux créanciers pour se procurer une composition plus avantageuse ; désintéressé les uns, pour engager les autres à signer un contrat d'attermoyement, dont les conditions étoient injustes, & dans lequel on a méprisé les dispositions les plus sacrées de nos Ordonnances & de nos Loix. Quant au sieur Gonnet de Fieville, leur gendre, leur beau-frere, a été le ministre & l'agent de ces sollicitations, il s'est chargé de traiter avec les créanciers qui refusoient de signer le contrat frauduleux proposé ; il les a tiré à part dans la chambre d'assemblée des créanciers, & il leur a donné, aux uns les deux tiers, aux autres, moitié de leurs créances, à la charge de signer comme créanciers de la totalité des sommes portées au bilan. A l'égard du sieur Frion, dans le tems de la banqueroute ouverte, & au mépris de la propriété de Trannoy, le sieur Carpentier pere, lui a vendu des marchandises qui étoient le gage de ses créanciers ; & le sieur Frion a accepté ces ventes, qu'il sçavoit être frauduleuses. Il y a donc fraude de la part des Carpentier dans leur faillite, & complicité de la part des sieurs Gonnet de Fieville & Frion. Le sieur Lemaire Muller se croit donc très-fondé dans ses conclusions, en réglement du procès à l'extraordinaire, & il y est d'autant mieux fondé que les faillis n'ont pas purgé leurs décrets, & qu'il est de principe qu'en pareille matiere la procédure est indivisible.

Monsieur JOLY DE FLEURY, *Avocat Général.*

Me BLONDAT, Procureur.

A PARIS, chez P. G. SIMON, Imprimeur du Parlement, *rue Mignon Saint André-des-Arcs,* 1779.